TRANSPARENT

*Band 41*



V&R

*Hauke Christiansen*, Pastor und Diplom-Psychologe, ist Fortbildungsdozent am Zentralen Institut für Betriebliche Fort- und Weiterbildung der v. Bodelschwinghschen Anstalten in Bethel.

Hauke Christiansen

# Von Versagern und Talenten in entscheidenden Momenten

Fünf geniale Kurzgeschichten
des Jesus von Nazareth
in Reimen nach- und weitererzählt

Vandenhoeck & Ruprecht
Göttingen · Zürich

*Die Deutsche Bibliothek – CIP Einheitsaufnahme*

*Christiansen, Hauke:*
Von Versagern und Talenten in entscheidenden Momenten :
fünf geniale Kurzgeschichten des Jesus von Nazareth in Reimen
nach- und weitererzählt / Hauke Christiansen. –
Göttingen ; Zürich : Vandenhoeck und Ruprecht, 1997
(Transparent ; Bd. 41)
ISBN 3-525-01817-7
NE: GT

Umschlaggestaltung: Rudolf Stöbener

Umschlagabbildung:
Hans Gottfried von Stockhausen,
Heimkehr des verlorenen Sohnes (Ausschnitt).
1984. Überfangglas, Schwarzlot, Schmelzfarbe, Blei. 29 × 29 cm.


Printed in Germany
Schrift: Palatino
Gesamtherstellung: Hubert & Co., Göttingen

Gedruckt auf chlor- und säurefreiem Papier

## *Inhalt*

*Für*
*Hanna,*
*Henning*
*und*
*Silke Marie*
*in guten*
*und*
*in schlechten Zeiten*

# *Vorwort*

Wer Zuverlässiges über die Verkündigung des historischen Jesus erfahren will, ist vorrangig an die etwa 40 Gleichnisse gewiesen, die in den Evangelien erzählt werden. Sie gelten der gelehrten Forschung zu Recht als »Urgestein der Überlieferung« (J. Jeremias).
Der Prophet aus Nazareth war ja kein »Theologe«, sondern ein Erzähler, ein Bauerndichter fürs einfache Volk. Er predigte nicht schriftgelehrt-dogmatisch, sondern narrativ: treffende Bilder aus »Haus und Hof« und »geniale Kurzgeschichten« aus Familie und Arbeitswelt vermittelten seine Botschaft.
Warum? Weil nur in Gleichnissen auf den Gott Israels verwiesen werden kann. Die wunderbaren Geschichten, die Jesus ersonnen hat, bringen die Wirklichkeit Gottes zur Sprache, ohne Gott direkt zu nennen: sie respektieren das Bilderverbot. Gleichnisse auch deswegen, weil kein Sachverhalt, Ding oder Mensch, sondern nur ein Geschehen Aspekte der Herrschaft Gottes abzubilden vermag. Deshalb tendieren Jesu Gleichnisse

zur Welt des Theaters; sie sind Miniatur-Stücke, Anspiele mit offenem Schluß, nicht selten als »dramatische Dreiecke« (G. Sellin) inszeniert. Am Beispiel »antithetischer Zwillinge« werden unterschiedliche Handlungsmuster vor Augen gestellt: suggestiv wird so Parteinahme provoziert. Wer diesem Erzähler zuhört, wird mit auf die Bühne gelockt. In liebevoller, manchmal auch drastischer Konfrontation ruft Jesus aus der selbstzufriedenen Normalität des Gewohnten heraus. So wird im Gleichnis Gotteserfahrung mitgeteilt, denn nur, wo wir in Bewegung geraten und uns ändern, entdecken wir Gottes Reich.

Hauke Christiansen hat vor einigen Jahren damit begonnen, Gleichnisse Jesu für den Gottesdienst in Reimen nach- und weiterzuerzählen. Fünf davon werden hier vorgelegt. Diese »Wiederaufführung« ist exegetisch wie theologisch höchst kompetent, dabei zugleich humorvoll und unterhaltsam. Was dem schriftgelehrten Diskurs und der traditionellen Predigt oft nur schwer gelingt, schafft der gelungene Reim ohne Mühe: Die alten Geschichten ziehen uns neu in ihren Bann; ihrer Faszination im gereimten Gewand, so ist nach den Gottesdiensten immer wieder zu hören, kann Frau oder Mann sich nicht entziehen.

Menschenfreundliche Theologie, beste humanistische Psychologie und Pädagogik führen die

Feder bei der den Texten jeweils angefügten Weitererzählung. Es ist richtig und sachgemäß: »Jesu kleine Kurzgeschichten laden ein zum Weiterdichten«; sie sind auf Fortsetzung angelegt; sie wollen ankommen; Neues nicht nur sichtbar machen, sondern dieses Neue auch ins Werk setzen. Das fängt damit an, daß wir Rollen anprobieren, verschiedene Perspektiven einnehmen, Alternativen bedenken, Risiken und Vorteile abwägen, den Balken (womöglich) im eigenen Auge erkennen und schließlich – mit Gottes Hilfe – Jesus zustimmen und so die Ankunft der Liebe unter den Menschen nicht länger hindern.
Ich bin davon überzeugt und habe selbst erfahren, daß diese Form der »Predigt« den Gottesdienst erfreulich belebt. Die mündige Gemeinde wird, wenn »der Erzähler erzählt«, intensiv ins Gespräch gezogen und so an der Verkündigung wirksam beteiligt. Auch im Religionsunterricht können diese Text m. E. mit Gewinn genutzt werden; sie wollen ja eine »einzig richtige« Deutung nicht aufzwingen, sondern ganz im Sinne Jesu ebenso freundlich wie offen anleiten zum gemeinsamen Suchen und Finden. Daß ihnen das bei möglichst vielen Menschen gelingen möge, ist mein aufrichtiger Wunsch.

*Tim Schramm*

# Die Arbeiter im Weinberg

*Matthäus 20,1–15*

# I

Die Nacht war noch nicht ganz vertrieben,
es war so zwischen sechs, halb sieben;

die Sonne fing grad an zu scheinen,
da war ein Mann schon auf den Beinen.

Er lenkte ruhig seine Schritte
in des kleinen Ortes Mitte.

Am Marktplatz traf er Männer an,
die war'n sogar noch früher dran.

Denn auf dem Markt, das war bekannt,
am ehesten man Arbeit fand.

Viel Arbeit hatte er zu bieten
und wollte dafür Helfer mieten.

Er hatte Land, enorme Flächen
mit Äckern, Feldern, Wiesen, Bächen,

es war die schönste Länderei –
ein Weinberg, der war auch dabei.

Die Trauben hingen reif und schwer,
es mußten also Helfer her,

um diese Ernte einzubringen;
und Helfer wollte er jetzt dingen.

Er kaufte ihre Arbeitskraft;
das war für beide vorteilhaft.

Einen Denar bot er pro Tag,
den damals üblichen Betrag.

So hatt' die frühe Morgenstunde
zwar nicht gerade Gold im Munde;

doch aus Silber ein Denar
auch nicht zu verachten war.

Zum Krämer konnte man dann laufen
und Mehl und Öl sich dafür kaufen.

Backte man sich damit Brot,
schwieg für einen Tag die Not.

Wer einen Silbergroschen hatt',
der kriegte Frau und Kinder satt.

So einen ganzen Tageslohn –
wer hatte den denn damals schon?

Die Zeit war schlecht, hart war die Not,
wer arm war, bangt' ums täglich Brot.

Wer heute konnte für sich sorgen,
der wußte nicht: wie wird es morgen?

Lange schon war's so gegangen;
vor Jahren hatt' es angefangen.

Zwei Fürsten hatten sich gestritten,
prompt war'n die Römer eingeschritten.

Des Reiches Ordnung ist gestört!
So gaben sie sich tief empört.

Wir müssen heute Frieden schaffen
sonst schlachten die sich mit den Waffen.

Und ungerührt sie dann befahlen,
den Frieden kräftig zu bezahlen.

Den kleinen Mann drückt' jetzt die Steuer:
ein Frieden ist nun mal recht teuer.

Da war'n zum Beispiel die Soldaten:
auch wenn die überhaupt nichts taten,

so brauchten sie doch täglich Essen,
Milch und Wein nicht zu vergessen.

Karge Kost die Lust würd' dämpfen,
Widerständler zu bekämpfen.

Die Zeit war schlecht, hart war die Not;
wer arm war, bangt' ums täglich Brot.

Zusätzlich gab es fromme Pflichten:
die Tempelsteuer zu entrichten

war ein dringendes Gebot;
das erhöhte noch die Not.

Der Ernte zehnten Teil für Gott –
so nannten manche das mit Spott.

Auch Gottes Priester wollen leben;
so mußte man auch ihnen geben.

Es ist sogar mal vorgekommen,
daß Knechte von den Oberfrommen

beim Dreschen auf dem Land erschienen,
um sich gleich kräftig zu bedienen.

Auf Zion labt' man sich am Schmaus,
im Lande sah's ganz anders aus.

Es ist tatsächlich nicht gesponnen:
Landpriester sind da umgekommen,

weil sie nichts zu essen hatten;
viele mußte man bestatten!

Viele hatten in der Not
nicht einmal ein Stückchen Brot.

Froh war, wer ein Stück Land besaß
und eine Ziege, die dort fraß;

der baute dann noch Weizen an
und stand so seinen eignen Mann.

Doch schlug dann mal der Hagel drein
und haut' die Halme kurz und klein,

dann fiel die Ernte leider aus,
und Sorge macht' sich breit im Haus.

Nicht mal für Saatgut reicht' es dann;
verzweifelt mancher Bauer sann:

Wo nehm ich jetzt die Steuer her?
Der Ziege Euter ist ganz leer!

Wie soll ich Frau und Kind ernähren,
wie ihnen diese Not erklären?

Das war die Chance für reiche Leute:
die nahmen gern das Land zur Beute.

»Du mußt verkaufen? Her damit!
Zum Niedrigstpreis! Schon sind wir quitt!«

Die kleine Freiheit war verflogen;
vom Schicksal fühlt man sich betrogen,

besaß nur noch die Arbeitskraft;
so ging es ihnen massenhaft.

Die Zeit war schlecht, hart war die Not;
wer arm war, bangt' ums täglich Brot.

Wer heute konnte für sich sorgen,
der wußte nicht: wie wird es morgen?

So trüb, so bitter war die Lage
an jenem schönen Erntetage.

Den reichen Landbesitzer nun
sah man um neun das gleiche tun.

Er ging zum Markt, fand andre dort
und richtete an sie das Wort:

»Geht in den Weinberg, erntet Reben;
was recht ist, will ich euch wohl geben.«

Die taten das. Um zwölf und drei
kam wiederum der Herr vorbei

und handelte wie vorher schon.
Jedoch erwähnt' er nicht den Lohn.

Um fünf Uhr traf er auch noch Leute
und sprach: »Was steht ihr müßig heute?

Habt denn nichts Bessres ihr zu tun,
als hier den ganzen Tag zu ruhn?«

Die sagten darauf recht frustriert:
»Es hat uns niemand engagiert.«

Auch ihnen galt sein knappes Wort:
»Geht arbeiten im Weinberg dort!«

Nur eine Stunde blieb da noch!
Die Männer gingen aber doch.

Der Herr des Weinbergs war zufrieden;
Verschwendung hatt' er klug vermieden;

im Lauf des Tages ward ihm klar,
wieviel da noch zu ernten war,

hat abschnittweise eingestellt
und so gespart an seinem Geld.

Die Sonne sank; die letzten Strahlen
mahnten: Jetzt ist's Zeit zum Zahlen.

Und der Landbesitzer sprach
zum Verwalter ganz gemach:

»Schluß jetzt mit der Plackerei!
Ruf die Männer nun herbei!«

Und mit ganz besondrem Ton:
»Jedem gib den Tageslohn;

fang gleich bei den letzten an;
die ersten nimm zum Schluß dann dran!«

Folglich mußten alle sehen,
was da anhob zu geschehen.

Leichten Schrittes kamen jetzt,
die begonnen ganz zuletzt.

Was jedoch fantastisch war:
ausgezahlt ward: ein Denar!

Einen vollen Tageslohn
brachte eine Stunde schon!

Schweren Schrittes folgten nun,
die das meiste mußten tun.

Die so früh schon angefangen,
meinten, daß sie mehr empfangen.

Ungefähr zwölfmal so viel
war wohl ihres Herzens Ziel.

Ausgezahlt ward: ein Denar,
was doch sehr ernüchternd war.

»Das ist ja wohl unerhört!« –
murrten sie zutiefst empört,

sah'n den Groschen in der Hand
und empfanden Widerstand.

War das etwa nur ein Schnitzer?
Heftig traf's jetzt den Besitzer:

»Eine Stunde schafften die,
und du löhnst uns so wie sie?

Nach so frühem Zapfenstreich
machst du die uns einfach gleich?

Wie kannst du so schroff vermeiden,
uns genau zu unterscheiden?

Denk an unser Rumgeflitze
in der größten Tageshitze!

Angenehmere Gefühle
hat man in der Abendkühle:

eine Stunde nur am Abend
ist geradezu ja labend!«

Der Herr hört ihnen freundlich zu
und äußert sich in großer Ruh':

»Mein Freund«, sagt er zu einem Mann,
»Unrecht tu ich dir nicht an.

Du hast doch mit mir abgemacht,
daß ein Denar dir zugedacht?

So nimm, was dein ist, und geh hin!
Das ist doch ganz in deinem Sinn!«

Und damit gibt er zu verstehen:
Hast du da etwas übersehen?

Hast den Vertrag ganz still und leise
geändert flugs auf deine Weise?

Nach deiner Nase müßt' ich tanzen
und zahlen weitere Finanzen?

So ist erstens ausgesprochen:
Der Vertrag ward nicht gebrochen.

Und darauf der Eigner nennt
noch ein zweites Argument:

»Ich will dem Letzten so viel geben,
wie du auch hast erhalten eben.

Ohne jede Deutelei:
Steht es mir nicht völlig frei,

das zu tun mit all dem Meinen,
was mir angebracht will scheinen?«

Nochmals möchte er drauf pochen:
Der Vertrag ward nicht gebrochen.

Der Eigner ist da recht empfindlich:
was versprochen, gilt verbindlich.

Willkür ist es nun mal nicht,
wenn ich mehr tu als die Pflicht.

Geb ich deinen Kameraden
so wie dir, kann's dir nicht schaden.

Und zum Schluß der Eigner nennt
noch sein drittes Argument:

»Oder blickt dein Auge bös,
weil ich bin so generös?

Zeigst du eine Zornesfalte,
weil ich gütig mich verhalte?«

Gilt nicht, meint er, allgemein:
Güte kann verkehrt nicht sein?

Schaden hat sie nicht gebracht;
verbindlich blieb, was abgemacht.

# II

All diese Gründe sind nicht schlecht,
und doch scheint das so ungerecht.

Diese unverhoffte Güte
wirkt als Stachel im Gemüte.

Zusätzlich auch noch befremdet,
daß das Gleichnis offen endet.

Es reizt mich, daß ich die Geschichte
probeweise weiterdichte:

Schnell ging das von Mund zu Mund,
noch am Abend wurde kund

in jedem Haus, im ganzen Ort
dieses dreifach klare Wort:

»Du hast doch mit mir abgemacht,
daß ein Denar dir zugedacht.

Kann ich nicht tun mit all dem Meinen,
was mir angebracht will scheinen?

Oder blickt dein Auge bös,
weil ich bin so generös?«

Am nächsten Morgen in der Frühe
gäb der Herr umsonst sich Mühe,

falls er Tagelöhner braucht:
Niemand wär' da aufgetaucht,

nein, der Markt läg' öd und leer,
so früh käm' jetzt keiner mehr.

Erst um fünf Uhr, kurz vor Schluß,
dächte jeder Pfiffikus,

setz ich eine Stunde ein,
und schon ist ein Taglohn mein.

Und so wird aus freier Güte
durch den Stachel im Gemüte

eine schlaue Rechnerei;
und die Chance ist vorbei,

die die Güte allen bot;
solche Schlauheit macht uns tot.

Erstens dürfte sicher sein:
Kein Besitzer fällt drauf rein.

Zweitens wird nun klar erfaßt,
daß man so den Geist verpaßt,

der der Güte Ursprung ist,
weil man dabei ganz vergißt,

wie die Güte schwindet still,
wenn man sie erzwingen will.

Gönn ich andern Güte nicht,
zeigt das meine Lebenssicht:

Als wirklich seh ich dann nur an,
was ich strikt berechnen kann.

Das sagen ja die finstren Mienen:
Güte mußt du dir verdienen.

Wo die Art von Rechnen wütet,
wird die Welt total ent-gütet.

# III

Es reizt mich, daß ich die Geschichte
nochmal anders weiterdichte:

Irgendwo im Dorf ein Haus,
Stimmen, Lachen, Lärm, Geschmaus;

an der Straße, kühl beschattet,
sitzen Männer, recht ermattet.

Frauen spenden Wein und Brot,
keiner leidet Hungersnot,

fröhlich halten sie hier Rast;
Jesus selbst ist Ehrengast:

Ein paar schüchterne Gestalten,
die im Dorf als lästig galten,

Arbeitslose, Bettler, Damen
mit recht zweifelhaften Namen,

angelockt von Brot und Wein,
die lädt Jesus auch noch ein:

»Setzt euch, tut mir den Gefallen,
wenn wir teilen, reicht es allen!«

Zwar war er nicht Herr im Haus,
doch das nahm er frei sich raus.

Andre saßen auch dabei,
die empfanden nicht so frei.

»Wieso brichst du dies Tabu?
Die gehör'n doch nicht dazu!«

Ob sie sagten, was sie dachten,
diese braven Aufgebrachten?

Oder blickten sie nur bös',
weil er war so generös?

Jesus wies sie nicht zurecht,
rief nicht: »Nein, was seid ihr schlecht!«

Nein, auch sie will er gewinnen,
möchte, daß sie sich besinnen.

Statt sie mit Kritik zu quälen,
will vom Weinberg er erzählen,

vom Besitzer, vom Vertrag,
von dem heißen Arbeitstag

bis hin zu dem Lohn am Schluß
und dem offenen Verdruß

und der Ersten sauren Klage,
und er schließt dann mit der Frage:

»Lieber, blickt dein Auge bös',
weil ich bin so generös?«

Ob sie jetzt vielleicht verstehen,
daß sie sich an Gott vergehen,

wenn sie weiter abseits bleiben
und sich an der Güte reiben,

die da grad geschehen ist?
Solche Sturheit wäre trist.

Gönn ich andern Güte nicht,
zeigt das meine Lebenssicht:

Als Güte seh ich dann nur an,
was ich mir verdienen kann.

Letztlich wär' mein ganzes Leben
nur mir in die Hand gegeben.

Muß ich mir die Welt so denken,
laß ich mir von Gott nichts schenken.

Muß die Welt ich kalkulieren,
will ich Gott auch fabrizieren.

Doch als Gott man so erhält
Schnitzerei vom Holz der Welt.

Jesaja sagte schon mit Spott:
»Ein Gott aus Weltstoff ist kein Gott.«

In Wahrheit bleibt so unbedacht
Gott auf Erden außer acht.

Jesus lädt sie also ein,
freundlich zu sich selbst zu sein;

denn wer andern Gott abspricht,
freut sich an Gott selbst auch nicht.

# IV

Daß wir freier leben können,
wenn wir andern Güte gönnen,

das begriffen junge Leute,
die ich fragte, wohin heute

die Geschichte Jesu zielt;
in Rollen hatten sie's gespielt:

erst das Schließen des Vertrages
früh am Morgen jenes Tages,

dann um neun, um zwölf, um drei,
um fünf noch, als die Plackerei

kaum noch lohnenswert erschien,
weil so spät lag der Termin;

und sie spielten mit Genuß
auch den offenen Verdruß

und der Ersten saure Klage
und des Landbesitzers Frage:

»Hey du, blickt dein Auge bös',
weil ich bin so generös?«

»Was fällt euch denn dazu ein?« –
fragt' ich sie ganz allgemein.

»Daß man in der ganzen Welt
ungerecht verteilt das Geld,

daß die Armen Hunger leiden
und die Reichen sich schön kleiden!

Mit der ganzen Tyrannei
wäre es sofort vorbei,

würden alle auf uns hören
und sich mit uns heiß empören.«

Und dann sagt' ein Mädchen leise:
»Mir fällt ein, auf welche Weise

in der Schule schlechte Noten
unsre Freundschaft oft bedrohten.

Wenn in Englisch oder Mathe
ich 'ne Fünf geschrieben hatte

und ich auf dem Schulhof stand,
war da plötzlich eine Wand

zwischen mir und all den Leuten,
die an Zweien sich erfreuten.

Ist das nicht total verrückt,
daß uns das so schwer bedrückt,

daß ein Leistungsunterschied
diesen Abstand nach sich zieht?

Eine Zahl erhält den Sinn,
mir zu sagen, was ich bin?

Eine Leistung kann bedroh'n
meine Würde als Person?«

Sie sagte das zwar nicht gereimt,
doch etwa so hat sie's gemeint.

Diese Art von Rechnerei
macht uns niemals wirklich frei.

Um dies Denken zu entmachten,
kannst du auf die Güte achten,

wo sie dir begegnen will:
ausnahmsweise, lockend, still.

Und so gehst du kleine Schritte
zu auf deine Lebensmitte,

nicht mehr in dem alten Trott,
denn dein Ziel ist jetzt ja Gott.

# Der verlorene Sohn

*Lukas 15,11–32*

# I

Ein Landmann hatte einst zwei Söhne.
Zu seinem Hof gehörten schöne

Getreide-, Flachs- und Wiesenflächen;
bewässert wurden die von Bächen,

durchsichtig klar bis auf den Grund,
für Pflanzen, Tier und Mensch gesund.

Da sprangen Kälber, grasten Ziegen,
da sah man Rinder kauend liegen,

die brauchten sich nur auszuruhn
und außer fressen nichts zu tun.

Am Hof sah das ganz anders aus,
da war Betrieb im ganzen Haus.

Denn schon am allerfrühsten Morgen
gab es da vieles zu besorgen.

Die Hähne krähten um die Wette
und störten so den Schlaf im Bette.

Wem so die Ruhe war verleidet,
der hat sich fügsam angekleidet;

ein bißchen Wasser ins Gesicht –
nein, Frühstück gab es damals nicht.

Die Knechte gingen pflügen, hacken,
die Mägde melken, kochen, backen;

die Männer mußten Korn aussäen,
die Frauen Wolle spinnen, nähen.

Wie es entsprach der Jahreszeit,
tat jeder seine Schuldigkeit.

Es war oft mühsam, sich zu regen,
doch brachte Mühe schließlich Segen.

So nach und nach die Jungen lernten:
Wer zeitig sät, kann später ernten.

Derartig lebenskluge Töne
vernahmen auch die beiden Söhne.

Sie halfen mit, das Vieh zu hüten,
den Pflug zu lenken sie sich mühten,

kurz: schon mit fünfzehn, sechzehn Jahren
schien auch der Jüngere erfahren

und fähig, seinen Mann zu stehen.
Doch war für ihn ganz klar zu sehen:

Zum Teilen ist der Hof zu klein,
Hoferbe wird mein Bruder sein.

So daß er sich zum Vater wagte
und diesem sein Begehren sagte:

»Ich bitt' dich, Vater, zahl mich aus;
vom Vermögen, Land und Haus,

gib den Teil mir, den als Pflicht
mir das Väterrecht verspricht.«

Der tat das, schätzte Vieh, Hof, Land
und zählte auch den Barbestand;

ein Drittel ließ er von dem allen
auf den Jüngeren entfallen.

Der ganze große Restbestand
blieb nach wie vor in seiner Hand.

Würd' er gebrechlich oder sterben,
so würd' der Ältere den erben.

Der Jüngere schon kurz darauf
bot seinen Anteil zum Verkauf;

er machte alles flink zu Geld,
brach auf dann in die große Welt;

mit praller Börse im Gewand
verzog er in ein fernes Land.

Dort gab er sein Vermögen aus,
praßte drauflos in Saus und Braus,

mit allen Sinnen hingegeben
an ein zügelloses Leben.

Vergessen war, was einst er lernte:
Wenn du nicht säst, gibt's keine Ernte.

Kaum hatt' er alles durchgebracht,
da wurde heimgesucht mit Macht

das ganze Land von Hungersnot:
knapp war im Nu das täglich Brot.

Feinschmeckerspeisen, teure Kleider,
die gab es nicht für Hungerleider.

Genuß und Luxus ohnegleichen
war möglich nur noch für die Reichen.

So fing nun für den jungen Mann
das Leid des schweren Mangels an.

Der Hunger, dieser harte Würger,
trieb ihn zu einem Landesbürger,

an den er sich ganz klein nun hängte
und den er hilflos bang bedrängte.

Der trug ihm auf, kühl und gelassen,
auf seine Schweine aufzupassen,

die auf den Feldern grunzend wühlten,
weil sie den Hunger gleichfalls fühlten.

Ein Trost in jener Hungersnot:
auf Bäumen wuchs Johannisbrot.

Nährt man sich von solchen Broten,
bleiben übrig leere Schoten.

Weil Menschen die höchst ungern essen,
gab man den Schweinen die zu fressen.

Der Junge hätte gern den Magen
sich mit dem Saufraß vollgeschlagen.

Für Schweine war's ein Festgericht;
dem Schweinehirten gab man's nicht.

Durch täglichen Kontakt mit Schweinen
war er getrennt jetzt von der reinen

Gemeinschaft seiner Volksgenossen,
der er als Kind war einst entsprossen.

Ihm war bewußt, er wär' den Frommen
im Gottesdienst höchst unwillkommen;

er könnte nicht zu ihnen treten
und unter Freunden singen, beten.

Verachtet, ehrlos, in der Fremde,
beziehungslos, mit sich am Ende,

durch Zügellosigkeit verdorben,
war er für sie schon jetzt gestorben.

Da ging er in sich, und er sagte,
indem er nüchtern sich befragte:

»Wieviel' arme Tagelöhner
meines Vaters haben's schöner,

haben Brot im Überfluß,
während ich hier hungern muß!

Eh mich frißt der Todesrachen,
will ich schleunigst auf mich machen,

will zu meinem Vater gehen
und ihm schonungslos gestehen:

›Versündigt, Vater, hab ich mich
wie gegen Gott, so gegen dich.

Durch eigne Schuld bin ich entehrt,
dein Sohn zu heißen nicht mehr wert.

Viel' Tagelöhner sind ja dein;
stell mich als einen solchen ein.‹«

Zum Vater wollte er sich wagen,
und ihm auf Knien all das sagen.

Früh brach er auf, verließ die Schweine
und machte ernst sich auf die Beine.

Der Vater sah von fern ihn kommen;
der Anblick war noch leicht verschwommen:

Barfuß kam der Hungerleider,
Lumpen waren seine Kleider.

Die Haare hingen strähnig lang,
doch er erkannte ihn am Gang,

und ihn ergriff sogleich Erbarmen
mit dem schwer gebeugten Armen.

Heftig ging's ihm an die Nieren,
wollte keine Zeit verlieren,

pfiff auf seine Alterswürde
und vergaß der Jahre Bürde,

hastete, lief dem entgegen,
der da nahte scheu verlegen,

fiel um den Hals ihm, küßte ihn
und hinderte ihn so, zu knien,

von unten zu ihm aufzublicken;
er sollte sich am Kuß erquicken.

Der Sohn begann nun recht beklommen,
wie er sich's hatte vorgenommen:

»Versündigt, Vater, hab ich mich
wie gegen Gott, so gegen dich.

Durch eigne Schuld bin ich entehrt,
dein Sohn zu heißen nicht mehr wert.«

Der unterbrach ihn, hörte nicht
auf seines Sohnes Gottessicht.

Und statt mit ihm darum zu fechten,
gab er Befehle seinen Knechten:

»Her mit dem allerbesten Kleid!
Zieht es ihm an! Seid ihr so weit,

gebt einen Ring ihm an die Hand;
der zeige an den Sohnesstand.

Und holt ihm aus der großen Truhe
ein Paar bequeme Lederschuhe,

so daß man sofort sehen kann:
Kein Sklave mehr! Ein freier Mann!

Das Mastkalb schlachtet auch sogleich,
und deckt den Tisch mir schön und reich.

Dann laßt uns essen, laßt uns trinken
und fröhlich sein beim Kälberschinken!

Dieser mein Sohn, der war ja tot
und ist entronnen tiefer Not.

Am Ende war er mit dem Leben,
das ihm erneut jetzt ward gegeben.

Verloren war er, weit entschwunden
und wurde wieder jetzt gefunden.«

Da aßen sie und tranken Wein
und ließen es sich gütlich sein.

Zu Lauten sangen sie und Leiern
und fingen fröhlich an zu feiern.

# II

Dem älteren der beiden Söhne
entgingen diese schönen Töne.

Auf einem Feld, das fernab lag,
da ackerte er über Tag.

Wie immer gab es viel zu tun;
nun ging er heim, um auszuruhn,

kam näher, stutzte, wundert' sich,
denn ihm erschien es sonderlich,

daß er vernahm aus der Distanz
Geräusche von Musik und Tanz.

»Was ist denn los da? Hör ich recht?«
So fragte barsch er einen Knecht.

Der setzte ihn geschickt ins Licht
mit diesem Übersichtsbericht:

»Dein Bruder ist zurückgekommen.
Dein Vater hat das Kalb genommen

und ließ es schlachten aus dem Grund:
weil er ihn wieder hat – gesund!«

Den Älteren gewaltig störte,
was von dem Knecht er grade hörte.

Gepackt von Zorn blieb er da stehen
und wollte nicht ins Festhaus gehen.

Da blieb der Vater nicht im Haus
und ging zum Älteren hinaus.

Weil er von dessen Zorn vernommen,
wollt' er auch ihm entgegenkommen

und redete ihn freundlich an,
zu lösen so den Zornesbann.

Doch war der Bann nicht leicht zu brechen.
Der Ältere fing an zu sprechen

und sprach ihn nicht als Vater an,
so schwer gekränkt war dieser Mann:

»Sieh doch, dir dien' ich all die Jahre;
nach deinem Willen ich verfahre.

Ich war gehorsam, treu, devot:
Nie übertrat ich dein Gebot.

Und jetzt dies Fest: für mich ein Schock!
Noch nicht mal einen Ziegenbock

hast du mir jemals hergegeben,
so daß ich auch mal hätte leben,

mit Freunden hätte feiern können;
ein Freudenmahl auch mir zu gönnen,

das kam dir niemals in den Sinn,
da ich ein Knecht für dich nur bin.

Doch als dein Sohn kam, dieser da,
gleich das Unglaubliche geschah:

Das Mastkalb hast du schlachten lassen
dem, der nichts konnte außer prassen,

der dein Vermögen durchgebracht
mit leichten Mädchen Nacht für Nacht.«

Der Vater sprach zu ihm: »Mein Kind,
ich sag dir, wie ich das empfind':

Du kannst doch immer bei mir sein,
und alles Meine ist auch dein.

Wenn mein Sohn freikommt von den Säuen,
da muß ich mich doch einfach freuen!

Und alles Meine ist auch dein!
Das muß doch Grund zum Feiern sein.

Dieser dein Bruder, der war tot
und ist entronnen tiefer Not.

Am Ende war er mit dem Leben,
das ihm erneut jetzt ward gegeben.

Verloren war er, weit entschwunden
und wurde wieder jetzt gefunden.

Und alles Meine ist auch dein!
Dein Bruder auch! Na komm! Geh rein!«

# III

Jesu kleine Kurzgeschichten
machen Lust zum Weiterdichten.

Beispielsweise jener Knecht:
fröhlich hat er mitgezecht,

hat getanzt mit einer Magd,
die ihn jetzt beim Wein befragt:

»Wo ist nur der ält're Sohn?«
»Vorm Haus; er spricht mit dem Patron.

Ein bißchen hab ich noch gehört:
er schien mir durch und durch empört.«

»Freut ihn des Bruders Heimkehr nicht?«
»Sieh das doch mal aus seiner Sicht:

Was gab's für ihn in all den Jahren
anderes als rackern, sparen?

Jetzt kommt sein Bruder wieder an
als Habenichts und Bettelmann,

und wie der Alte sich da freut,
denkt jeder doch: der erbt erneut!«

»Soll er denn Tagelöhner sein?
Im Vaterhaus ein Sklave? Nein!«

»Verjubelt ist der letzte Groschen;
sein Anspruch ist schon längst erloschen.«

»Ach, Groschen, Anspruch, Erbe, Geld –
ist das denn eure ganze Welt?

Hätten die zwei sich gemocht,
würde dann so hochgekocht,

daß das Geld vergeudet ist?
Der hat den Bruder nicht vermißt!

Oh nein! Im Gegenteil! Mir scheint,
der war ihm längst schon spinnefeind.«

»Das war dem Vater auch wohl klar.
Ob dann ein Fest so passend war?

Der Jüngere wird vorgezogen,
der Ältere fühlt sich betrogen.«

»Grenzt das nicht schon an Kinderei?
Ist das nicht irgendwann vorbei?«

»Dann könnte er ja das Vergehen
des Jüngeren leicht übersehen.

Er will ihn aber spüren lassen,
wohin ihn Leichtsinn bringt und Prassen.

War ja sein eigenes Versagen!
Muß er halt auch die Folgen tragen!«

»Ja, ja, der leugnet das auch nicht;
er teilt ja diese sture Sicht,

er meint ja selbst, er sei nichts wert.
Ich finde diese Sicht verkehrt.

Sein Unglück hat ihn hart berührt;
hat er noch nicht genug gespürt?

Der hatte Mumm in seinen Knochen
und ist ins Ausland aufgebrochen;

er hat doch wirklich was gewagt!
Nun hör' ich bloß: Er hat versagt!

Mir leuchtet da viel eher ein:
Die Güte kann verkehrt nicht sein,

die unser Herr damit bewies,
daß er ein Fest uns feiern ließ.«

»War das nicht reichlich übertrieben?«
»Wo wär' die Freude sonst geblieben?

Soll er die etwa unterdrücken,
sich unter solche Zwänge bücken?

Sperrst du das Leben erstmal ein,
wie willst du je lebendig sein?«

# IV

Als Kinder beide Brüder lernten:
Wer zeitig sät, kann später ernten.

Der Jüngste, töricht und verträumt,
hat seine Zeit der Saat versäumt.

Genießen wollte er sein Leben,
doch dieser Plan ging ihm daneben.

Mit sich am Ende, arm, bankrott
schloß er, so strafe ihn nun Gott.

»Versündigt, Vater, hab ich mich
wie gegen Gott, so gegen dich.

Durch eigne Schuld bin ich entehrt,
dein Sohn zu heißen nicht mehr wert.«

Auf das Gesetz von Saat und Ernte,
das er als Kind schon früh erlernte,

sah Vater er und Gott verpflichtet,
war sicher: so wird hier gerichtet.

Sein Bruder teilte diese Sicht;
einseitig diente er der Pflicht

und hoffte, so würd' ihm gelingen,
des Vaters Liebe zu erringen.

Die wär' der Lohn für seine Tat,
wie Ernte folgt auf gute Saat.

Was hat der Vater falsch gemacht?
Sein Erstling war mit ihm verkracht.

Das hat er ja wohl mitbekommen,
doch all die Zeit nichts unternommen.

Die Jahre flossen monoton –
er dachte an den jüngsten Sohn,

hat ihn von Herzen schwer vermißt;
daß da der andre Sohn noch ist,

kam ihm wohl selbstverständlich vor.
Fast scheint es, daß er so verlor

in jener Zeit auch diesen Sohn
durch Sehnsucht und durch Depression.

Zum Feiern sah er wenig Grund;
ihm rieb es ja die Seele wund,

daß er vom Jüngsten gar nichts wußte
und immer an ihn denken mußte.

Nicht nur sein Jüngster war verträumt,
auch er hat einiges versäumt.

Doch als sich wandte das Geschick
in jenem schönen Augenblick,

als er den Sohn sich nähern sah,
als dieses Wunder ihm geschah,

da hemmte er sich selber nicht
durch traurig trübe Lebenssicht.

Mit Geistesgegenwart erfaßte
er augenblicklich, was jetzt paßte:

Er mußte sich ganz einfach freuen –
sein Sohn kam heim, frei von den Säuen!

Da ließ er feiern, essen, trinken,
anstatt in Trübsal zu versinken,

weil ihm nicht alles so gelungen
mit seinen beiden Sorgenjungen.

Da hat er recht. Das leuchtet ein.
Das kann auch dir plausibel sein.

Wenn du mit dir am Ende bist,
alles, was gut war, ganz vergißt –

du hast versagt, du bist bankrott,
verzweifelst an der Welt und Gott –

dann höre du auf dies Gedicht,
und spiel nicht selbst das Weltgericht!

Bist du denn wirklich schlechter dran
als dieser junge Leichtsinnsmann?

Bist du so tot und so verloren?
Selbst wenn – auch du bist auserkoren!

Das Leben hat dich angenommen
und will auch dir entgegenkommen.

Bist du der Arbeit ganz ergeben,
verzichtest du darauf, zu leben,

machst deine Pflichten dir zur Fron
wie jener strenge erste Sohn,

und wartest du, daß irgendwann
du wirst befreit von diesem Bann,

dann höre du auf dies Gedicht:
Spiel nicht für andere Gericht,

hör auf, mit Warten dir zu schaden:
Du bist doch längst schon eingeladen.

Das Leben hat dich angenommen
und will auch dir entgegenkommen.

Die Tür steht offen; geh hinein!
Warum willst du nicht fröhlich sein?

Und wenn du selber Kinder hast:
Wie leicht ist der Moment verpaßt,

wenn eins an deiner Türe steht,
verwirrt vielleicht und ganz verdreht,

vielleicht auch vorwurfsvoll, verdrossen,
zutiefst verletzt und ganz verschlossen.

Dann höre du auf dies Gedicht,
sieh diesem Vater ins Gesicht,

sieh, wie er strahlt und staunt und lacht
und sich an die Begrüßung macht.

Von diesem Mann die Söhne lernten:
Nur wer früh sät, kann später ernten.

Doch wo das gilt als letztes Wort,
da ist das Leben schnell verdorrt.

Was mir an diesem Mann gefällt:
Er sieht noch Spielraum in der Welt.

Den Sohn, dem alles ist mißraten,
legt er nicht fest auf seine Taten.

Er hat ihn wieder, ganz, gesund,
und das ist seiner Freude Grund.

Sein Sohn kam frei von all den Säuen!
Muß man sich da nicht einfach freuen?

Doch läßt die Frage sich verhehlen:
Kann man die Freude denn befehlen?

Bleibst du nicht innerlich ganz kühl,
wenn kommandiert wird dein Gefühl?

Und doch – es mutet traurig an,
wenn jemand sich nicht freuen kann.

Es liegt an deiner Lebenssicht,
ob du dich mitfreust oder nicht.

Die Frage bleibt dir aufgegeben:
geht's dir um Leistung oder Leben?

So hängt dein weiteres Geschick
entscheidend ab vom Augenblick,

daß du den achtlos nicht verpaßt
und seinen Spielraum klar erfaßt.

Denn dieser Augenblick ist dein,
und nimmst du sorgsam den in acht,
so ist zugleich der Gott auch dein,
der Zeit und Ewigkeit gemacht.

# Das große Festmahl

*Lukas 14,15–24*

# I

Ein Mann beschloß, ein Fest zu feiern:
»Der Alltag wird schnell öd und bleiern,

wenn wir den Trott nicht unterbrechen
mit Tanzen, Dichten, Lachen, Zechen.

Es ist schon längst mal wieder Zeit
für Fest, Musik, Geselligkeit.

Eh' meine Freunde mich vergessen,
geb ich für sie ein großes Essen.«

Gedacht, getan – er lud sie ein,
demnächst bei ihm zu Gast zu sein.

Sein Diener ging von Haus zu Haus
und richtete die Botschaft aus:

»Am vierten Tag der nächsten Woche
legt nieder eure Pflichtenjoche!

So gegen Abend seid bereit!
Ihr kriegt dann noch genau Bescheid.«

An vielen Türen klopft' er an:
sein Herr war, scheint's, ein reicher Mann;

für solchen Feierabendschmaus
benötigt man ein großes Haus.

Die Woche drauf war's dann so weit;
am vierten Tag zur Abendzeit,

noch vor dem Sonnenuntergang,
war alles fertig zum Empfang.

Der große Saal war reich geschmückt,
mit Grün und Blumen schön bestückt.

Der aufgespießte Ochsenbraten
war, wie man roch, schon wohlgeraten.

Die Mägde gossen Wein aus Schläuchen
in Krüge mit gar dicken Bäuchen,

sie stellten hin verzierte Becher
für all' die anspruchsvollen Zecher.

Die einbestellten Musikanten
die Saiten ihrer Lauten spannten.

Und in der Küche prüft' die Frau
des Hausherrn noch mal ganz genau,

ob in des Ofens roter Glut
das Fladenbrot schon wäre gut.

Der Herr des Hauses sah's erfreut
und schickt' den Diener aus erneut.

Besonders höflich wollt' er sein,
so lud er alle nochmals ein.

Dem Boten trug er sorgsam auf:
»Beeil dich, zu den Gästen lauf;

sag ihnen kurz und klar Bescheid:
›Kommt jetzt, denn alles ist bereit!‹ «

Der Diener lief von Haus zu Haus
und richtete die Botschaft aus.

Was aber ganz unfaßlich war:
alle machten sich jetzt rar.

Auf des Boten Äußerungen
folgten nur Entschuldigungen,

mal ausführlich, mal sehr knapp:
alle Gäste sagten ab!

Der erste hielt ihm leicht verlegen
dies als seinen Grund entgegen:

»Gekauft hab ich grad ein Stück Land,
und darum bin ich jetzt gespannt,

ob dieser Acker so viel wert,
wie der Besitzer hat begehrt.

Dringend muß ich darum gehen,
um dies Land mir anzusehen.

Versteh doch, daß ich jetzt nicht kann,
und sieh mich als entschuldigt an!«

Da sich so ein reicher Mann
nicht um alles kümmern kann,

tätigt Käufe der Verwalter;
er war eher der Gestalter.

Doch nun quält ihn der Verdacht:
Hat der das auch gut gemacht?

Dennoch: so viel Tatendrang
kurz vor Sonnenuntergang?

In der Nacht kann er nichts sehen:
Lohnte sich's noch, loszugehen?

Liegt der Acker aber nah,
wär' er auch noch morgen da. –

Ein andrer sagt' dem Diener keck:
»Nun hör mal zu, ich muß schnell weg.

Zehn Ochsen hab' ich angeschafft
und weiß nicht, ob das vorteilhaft

oder dumm gewesen ist.
Das wär' wirklich großer Mist,

wenn die schwach und klapprig sind.
Darum prüf' ich jedes Rind,

ob es fähig ist, zu pflügen;
Händler können ja mal lügen,

lahme Rinder uns anpreisen
und dann schnellstens weiterreisen.

Versteh doch, daß ich jetzt nicht kann,
und sieh mich als entschuldigt an!«

Und noch ein andrer raunzte kurz,
als wär' ihm alles andre schnurz:

»Eine Frau hab' ich genommen;
darum kann ich jetzt nicht kommen.«

Er dacht', von selbst würd' sich's verstehen,
und bat nicht mal, es nachzusehen.

Hätt' er sie doch mitgenommen!
War sie etwa nicht willkommen?

Tja – auf abendliche Feste
lud man Männer nur als Gäste;

Männer haben das genossen,
Frauen waren ausgeschlossen. –

Der Bote lief von Haus zu Haus
und richtete die Botschaft aus;

doch auf seine Äußerungen
folgten nur Entschuldigungen.

Ackerbau und Ochsenschau,
eingeschnappte Ehefrau –

Alltagssorgen dieser Sorte
hörte er an jeder Pforte.

Ins Festhaus ging der Diener wieder,
die Augen schlug er traurig nieder,

erstattete dem Herrn Bericht
und mied dabei sein Angesicht.

Wohin jetzt mit dem Ochsenbraten,
der doch bestens war geraten?

Und das Brot und das Gebäck –
wirft man das jetzt etwa weg?

Doch am meisten ihn schockiert,
daß sein Herr ward so blamiert.

Ehren wollte er die Gäste,
das ist ja ein Sinn der Feste;

*seine* Ehre galt nicht viel,
setzten sie die doch aufs Spiel,

statt die Alltagsinteressen
einmal fröhlich zu vergessen.

Schwer ward dieser Mann gekränkt.
Wenn er das nicht gleich verdrängt:

Wird das beugen seinen Rücken
und ihn seelisch niederdrücken?

Reagiert er depressiv,
landet er im Dauertief?

Kann die Trübsal er entmachten
und sich selbst noch freundlich achten?

Wird er jetzt sein Haus verschließen,
Speis' und Trank nicht mehr genießen,

sich noch unter Menschen mischen?
Würden sie nicht höhnisch zischen:

»Sieh mal, der ward bös' versetzt,
besser schneidet man ihn jetzt.«

Ach, der Diener sieht voraus
trübe Zeiten für dies Haus.

Da jedoch merkt' er erstaunt:
Sein Herr war nicht trüb gelaunt.

Nein, in Zorn ist er entbrannt,
und der Diener hört gespannt,

was der Herr entschieden hat:
»Geh hinaus, schnell, in die Stadt,

auf die Straßen, auf die Gassen,
achte nicht auf Rang, auf Klassen,

such' die Armen, Krüppel, Blinden,
Lahme wirst du auch noch finden,

hol sie her, führ' sie herein:
meine Gäste soll'n sie sein!«

Hier liegt's nahe, anzuhalten
und ein wenig zu entfalten,

wie in einem Augenblick
machtlos ward das Mißgeschick.

Beugt der Herr verzagt den Rücken?
Läßt er sich tief niederdrücken?

Nichts von alledem er tut,
denn ihn packte schlicht die Wut.

Mancher würde toben, platzen,
und es würde ihn nicht kratzen,

daß er die Verkehrten trifft;
raus muß eben all das Gift.

Der hier tobt die Wut nicht aus,
läßt die Sau nicht einfach raus.

Ist sein Zorn auch ungeheuer,
er beherrscht sich, hält das Steuer.

Schön man hier erkennen kann:
Freiheit fängt tief innen an.

Könnten ihn Affekte leiten,
würde ihm sein Ziel entgleiten.

Schließlich will ein Fest er geben,
um zu feiern so das Leben.

Selbst wenn alle ihn versetzen,
kann ihn das nicht so verletzen,

daß er alles platzen läßt;
so sehr liegt ihm an dem Fest.

Gäste lassen sich auch finden
bei den Lahmen und den Blinden,

die sich gern am Festmahl laben,
weil sie sonst ja gar nichts haben,

keine Pflichten, keine Bürde,
nichts, was sie dran hindern würde,

zu dem Festmahl gleich zu eilen
und dort fröhlich zu verweilen.

Der Diener hat das schnell begriffen,
durch die Zähne leis' gepfiffen:

Den Dreh fand er grandios.
Also lief er wieder los,

fand die Krüppel und die Lahmen,
die die Botschaft froh vernahmen,

führte sie ins Haus hinein,
rief laut: »Denen schenkt schon ein!«

Meldete sodann dem Herrn,
wie die Armen kamen gern,

es sei alles ausgerichtet,
wozu ihn der Herr verpflichtet,

und fügt' kurz hinzu den Satz:
»Drinnen ist noch reichlich Platz.«

Der Herr erwiderte darauf:
»Dann mach dich nochmals eilends auf!

Geh hin aufs Land, such an den Zäunen,
bring alle, die da etwa streunen,

die schlafen müssen dort im Freien;
sag, daß sie mir willkommen seien

und daß ich triebe keinen Spott.
Drängle sie, freundlich! Mach jetzt! Flott!

Für mich steht fest: In Kürze soll
mein Haus mit Gästen werden voll!«

So endet die Geschichte, offen;
doch zuversichtlich kann man hoffen,

daß dieser Hausherr sich nicht irrt
und daß das Fest gefeiert wird:

da tanzt der Blinde mit dem Lahmen,
da schmausen alle, die da kamen

erst zögernd, skeptisch, leicht verlegen;
verständlich, daß sie Zweifel hegen.

Daß ausgerechnet Bettelleute
der Hausherr mit dem Fest erfreute,

daß er so froh war, sie zu sehen,
das konnten sie nicht recht verstehen.

Solchen Aufwand ohnegleichen
trieb man sonst nur für die Reichen;

Leute aus der Oberschicht,
mächtig und mit Übersicht,

Herrschaften mit Rang und Namen
paßten wohl in diesen Rahmen.

Für die Bettler war's ein Traum,
dem sie selber trauten kaum.

# II

Jesu kleine Kurzgeschichten
kann man vielfach weiterdichten.

Irgendwann ist ja vorbei
auch die schönste Feierei.

Nach dem Fest traf jeden Gast
umgekehrt nun ein Kontrast.

Wie man sich ja denken kann,
fing der Alltag wieder an.

»Du,« fragt einer seinen Kumpel
beim gemeinsamen Gehumpel,

»drückt dich auch dein praller Magen?
Mann, hab' ich mich vollgeschlagen!

Heute brauch' ich nicht zu essen;
niemals werde ich vergessen

diesen zarten Ochsenbraten
und den Wein, den delikaten,

und die Früchte, das Gebäck
und das silberne Besteck!«

»Ach, hör auf!« der andre sagt,
und recht bitter er nun klagt:

»Ist dein Bauch nur einmal voll,
findest du die Welt gleich toll.

Dieser Herr, reich und erlaucht,
hat uns einfach nur gebraucht.

Hätt' er uns nicht so hofiert,
wäre er jetzt schwer blamiert.

Mittel waren wir zum Zweck;
wir sind doch der letzte Dreck!«

Grimmig schleppt er sich nun weiter;
schließlich sagt ihm sein Begleiter:

»Aber der hat ganz entschlossen,
scheint mir, selbst das Fest genossen,

hat mit uns getanzt, gelacht –
das war doch nicht nur gemacht!

Und du meinst, daß ganz gezielt
seine Freude war gespielt?

Daß er uns im Grund' verachtet,
nur nach eig'nem Anseh'n trachtet?« –

»Ja, den hat doch nur gestört,
daß er nicht dazugehört,

daß die Prominenz der Stadt
ihm 'nen Korb gegeben hat.« –

Doch jetzt protestiert sein Kumpel:
»Nein, so wahr ich mit dir humpel:

Ich war diesem Mann willkommen!
Wie der mich hat aufgenommen!

Wie ein Herr ward ich behandelt;
mir hat das die Welt verwandelt:

Ich bin nicht der letzte Dreck,
und ich werf mich selbst nicht weg!«

# III

Jesu kleine Kurzgeschichten
laden ein zum Weiterdichten.

Je nach Situation
klingt heraus ein neuer Ton.

Denkbar wäre beispielsweise
eine Rast auf einer Reise.

Unter einem Baum beschattet
sitzen Männer, sehr ermattet.

Nach der langen Wanderung
suchen sie hier Kräftigung.

Aus dem Brunnen schöpfen sie
Wasser, Kühle, Energie.

Drei, die schon vorausgelaufen,
um für alle einzukaufen,

nähern sich jetzt schwer beladen
ihren müden Kameraden.

Brot und Käse bringen sie,
frisches Obst, das dort gedieh,

das auf neuer Wanderschaft
spenden soll auch neue Kraft.

Doch sie wirken so zerschlagen,
daß die andern sie gleich fragen:

»Habt ihr Freunde nicht getroffen?
Steht kein Haus hier für uns offen?«

Schwer enttäuscht und deprimiert
einer sie nun informiert:

»Auf dem Markt sprach man uns an:
›Ihr gehört doch zu dem Mann,

diesem Schrecken aller Frommen,
der aus Nazareth gekommen,

diesem Fresser, diesem Säufer,
diesem Freund der Überläufer,

bei dem hoch im Kurs die stehen,
die sich gegen Gott vergehen!

Schert euch weg zu eurem Leiter,
und zieht schleunigst von hier weiter!‹

Die Sprache hat es uns verschlagen,
daß sich Fromme so betragen;

Jesus, bist du nicht gekränkt,
daß man so von dir hier denkt?«

Jesus lädt sie erstmal ein,
freundlich zu sich selbst zu sein,

sich am Brunnen zu erfrischen;
dann beginnt er, aufzutischen.

Trauben, Brot kann er verteilen;
kann er auch die Kränkung heilen?

Während sie nun alle essen,
nimmt das Wort er unterdessen,

spricht von jenem reichen Mann,
der so hoffnungsvoll begann,

wie er lud die Freunde ein,
bald bei ihm zu Gast zu sein,

wie er schickte den Bescheid,
daß nun alles sei bereit,

wie auf alle Nötigungen
folgten nur Entschuldigungen;

wie er Zorn darüber spürte,
der ihn aber nicht verführte,

daß das Fest er platzen ließ;
wie er kreativ bewies,

daß sich Gäste lassen finden
bei den Lahmen und den Blinden.

Und am Schluß fragt er sie dann:
»Nun, was glaubt ihr: Irrt der Mann?

Schafft der Diener, was er soll?
Wird das Haus noch werden voll?«

Mit Worten fragt er und mit Blicken;
einträchtig daraufhin sie nicken.

»Und warum zweifelt ihr daran,
daß Gott so kreativ sein kann,

daß allemal er fertigbringt,
was diesem reichen Mann gelingt,

so daß auch *das* Fest findet statt,
zu dem Gott *uns* geladen hat?

Selbst im allerschlimmsten Falle,
als die ersten Gäste alle

zogen vor die Alltagspflicht,
platzte das Fest dennoch nicht!

Stimmt ihr mit mir überein,
daß es gilt, dabei zu sein?

Kann es Wichtigeres geben,
wenn gefeiert wird das Leben?

Ackerbau und Ochsenschau,
eingeschnappte Ehefrau,

harte Mienen bei den Frommen,
so daß ihr euch fühlt beklommen,

Zweifel, ob ihr würdig seid,
obwohl alles steht bereit:

Fesselt euch der Alltagstrott,
wenn zum Festmahl bittet Gott?«

# IV

Jesu kleine Kurzgeschichten
laden ein zum Weiterdichten.

Lukas, der Evangelist,
darin auch bewandert ist.

Je nach Situation
kommt heraus ein neuer Ton.

Jesus macht mal wieder Rast
und sitzt mit zu Tisch als Gast.

Hausherr ist ein Galiläer,
einer jener Pharisäer,

die ihm ganz gewogen waren,
wie von Lukas wir erfahren.

Einer von den Mahlgenossen,
bibelfest und aufgeschlossen,

fängt die Unterhaltung an:
»Ach, wie gut ist der doch dran,

der dereinst nach seinem Tod
im Reich Gottes teilt das Brot,

teilt den Wein mit all den Frommen,
die mit ihm einst dorthin kommen!«

Jesus hört ihn freundlich an
und erzählt von jenem Mann,

der einst lud die Freunde ein,
bald bei ihm zu Gast zu sein:

wie auf alle Nötigungen
folgen nur Entschuldigungen,

wie er Fantasie bewies
und das Fest nicht platzen ließ,

wie er sprach: »In Kürze soll
mein Haus mit Gästen werden voll!«

Bei Lukas sagt dann ganz zum Schluß
der Herr des Hauses voll Verdruß:

»Die, die ich hab' zuerst gefragt
und die mir alle abgesagt –

nicht einer aus der großen Zahl
wird laben sich an meinem Mahl!«

Wird erst gelockt mit Zuckerbrot
und dann doch düster noch gedroht?

Lukas meint, die ersten Gäste
wollten später noch zum Feste,

zwei, drei Stunden nach Beginn –
doch ergäbe das den Sinn,

daß die schnell gefund'nen Scharen
Mittel doch zum Zweck nur waren.

Denn das meint der letzte Satz:
»Niemand findet hier mehr Platz!

Fort mit euch! Besetzt! Besetzt!
Keiner darf herein mehr jetzt!«

Lukas kannte seine Christen,
die an Gottes Reich vermißten,

daß der Herr bald wiederkäme
und die Zweifelnden beschäme.

Kommt das Reich jedoch erst später,
wird man hier zum Leisetreter,

paßt sich an, vertraut, verfällt
immer mehr dem Lauf der Welt.

Lukas droht: »Hört hin! Besetzt!
Eingeladen seid ihr – jetzt!«

Doch den Reiz an der Geschichte
macht die Drohung nun zunichte.

Wirkt der Zorn erst kreativ,
klingt er jetzt hart aggressiv.

Vielen Bibelkennern scheint:
Das hat Jesus nicht gemeint.

# V

Jesu kleine Kurzgeschichten
kannst du selbst auch weiterdichten.

Nutze sie, probier sie aus
bei der Arbeit und zu Haus:

kennst du solche Alltagspflichten,
die zu Türmen sich aufschichten?

Lädt man dich zu einem Fest,
fühlst du dich dann stark gestreßt?

Kannst du dann die Alltagssorgen
unterbrechen bis auf morgen?

Oder machst du deinen Trott
manchmal gar zu deinem Gott?

Machst du alles dem nur recht?
Lebst im Grunde wie ein Knecht?

Plagen dich mehr fromme Sorgen:
wie die Kirche aussieht morgen,

wie wohl wäre zu vermeiden,
daß noch wächst die Zahl der Heiden?

Meinst du gar, daß Gottes Sache
lebe von der Furcht vor Rache?

Ein Christenmensch ist Herr und frei,
auch von Sorgentyrannei;

selbst wenn's häufig anders scheint:
so ist ein Christenmensch gemeint.

Verschieb das Leben nicht auf morgen!
Gott kennt keine Küchensorgen!

Alle lädt er herzlich ein,
jetzt schon bei ihm Gast zu sein,

seiner Fantasie zu trauen,
statt auf Sorgerei zu bauen.

Leben wir als Gottes Gäste,
stolz und frei! Das ist das Beste!

# Die anvertrauten Talente

*Matthäus 25,14–30*

# I

Ein Kaufherr packte seine Sachen,
um in die Welt sich aufzumachen.

Auf Reisen plante er zu gehen
und sich im Ausland umzusehen.

Im Unterschied wohl zu den meisten
war's leicht für ihn, sich das zu leisten.

Die Börse hing am Gürtel schwer:
Er hatte Geld wie Sand am Meer,

Grundstücke, Häuser, Lagerhallen,
bis oben hin gefüllt mit Ballen

von edlen Tuchen und von Seide,
Tresore voll von Goldgeschmeide,

Gewürze, Öle und Rosinen,
die der edlen Kochkunst dienen,

begehrte Waren aller Sorten
pflegte er gezielt zu horten.

Er kaufte ein, um zu verkaufen,
und mehrte so den großen Haufen.

Mit ausgemachtem Kaufmannssinn
erhandelte er meist Gewinn.

Geht so ein Mann auf lange Reisen,
dann hat er vieles anzuweisen,

zu ordnen, regeln, delegieren;
sonst könnte er ganz schnell verlieren,

was er so nach und nach erworben.
Schon manche Firma ist verdorben,

wenn Leute die Geschäfte führen,
die solche Sorgen nicht berühren.

Bedacht als Planer und Gestalter
rief er herbei die drei Verwalter

und übergab dann ganz formal
des Unternehmens Kapital,

den silberschweren Barbestand,
den drei Verwaltern in die Hand.

In nüchterner Besonnenheit
bedachte er die Fähigkeit

der drei; denn das war längst ihm klar,
daß die durchaus verschieden war.

Mit fünf Talenten fing er an;
die fünf bekam der erste Mann.

An den zweiten Mitarbeiter
gab er zwei Talente weiter.

Der letzte der drei Dezernenten
erhielt dann eins von den Talenten.

So ein Talent war als Betrag
neuntausendmal der Lohn pro Tag.

Sammelte man dreißig Jahre
Tag für Tag stets die Denare,

würd' das ein Talent ergeben:
Vergütung für ein Arbeitsleben!

Dreißig Jahre wär' man satt,
auch wenn man Frau und Kinder hat.

Bei so großen Geldbeträgen
scheint es sinnvoll zu erwägen,

wie professionell ein Mann
managen und verhandeln kann.

Klar, die Sache war riskant,
und der Chef war wohl gespannt:

Würde sich das Wagnis lohnen?
Andrerseits, mit drei Personen

hatte er zwar viel riskiert,
jedoch verteilt und kalkuliert.

Er sprach nicht viel, nur kurz und knapp,
und reiste dann ins Ausland ab.

Denn ohnehin war jedem klar,
wes Geistes Kind der Kaufherr war.

Verändert war die Arbeitswelt:
man war nun ganz auf sich gestellt;

selbst mußte jeder jetzt entscheiden:
Was will ich tun, was will ich meiden?

Der erste zögerte nicht lange;
was auf dem Markt war so im Gange,

wo Überfluß, wo Mangel war,
das war ihm alsbald sonnenklar.

Er kaufte hier, verkaufte dort
und setzte das ein Weilchen fort,

und weil er handelte geschickt,
ist ihm das Kunststück so geglückt,

durch Einsatz von Geist, Geld und Sachen
aus fünf Talenten zehn zu machen.

Der zweite war auch recht geschickt;
so ist es ihm zum Schluß geglückt,

durch Einsatz von Geist, Geld und Sachen
aus zwei Talenten vier zu machen.

Der dritte nun nahm sein Talent
und grub still, heimlich und dezent

ein Loch in seines Gartens Ecke.
Dort, hinter einer dichten Hecke,

begrub er sicher all das Geld,
das so entzogen war der Welt.

Juristisch wußte er Bescheid:
Von Haftpflicht war er nun befreit. –

Viel Zeit verging, doch irgendwann,
da kam zurück der Großkaufmann.

Er rief die drei, er grüßte knapp
und rechnete mit ihnen ab.

Stolz kam zum Chef jetzt der gegangen,
der fünf Talente hatt' empfangen.

Fünf andre brachte er herbei
und sagte dazu schlicht und frei:

»Herr, fünf Talente gabst du mir,
sieh, nochmal fünf gewann ich dir.«

»Fantastisch, Mann! Sehr kompetent!
Ich weiß doch, wer das Handwerk kennt,

auf wen ich mich verlassen kann.
Du bist ein echter Profi, Mann!

Mit Wenigem gewissenhaft
fantastischen Gewinn geschafft!

Mit Großem will ich dich betrauen;
es gibt noch sehr viel aufzubauen!

Das sind noch Dividenden drin!
Beteiligt wirst du am Gewinn.

Laß dich an meiner Seite sehen,
wenn wir nachher noch feiern gehen!«

Als nächster kam jetzt der gegangen,
der zwei Talente hatt' empfangen:

»Chef, zwei Talente gabst du mir;
da: nochmal zwei erwarb ich dir.«

»Na also! Bestens! Kompetent!
Ich weiß doch, wer das Spielchen kennt,

auf wen ich mich verlassen kann.
Du bist doch auch ein Profi, Mann!

Mit peanuts schon gewissenhaft
hundert Prozent Gewinn geschafft!

Mit mehr will ich dich bald betrauen;
es gibt ja reichlich aufzubauen.

Da ist noch eine Menge drin!
Beteiligt wirst du am Gewinn:

Laß dich an meiner Seite sehen,
wenn wir nachher noch feiern gehen!«

Der Kaufherr ist recht hochgestimmt,
wie er in Augenschein jetzt nimmt

den dritten seiner Mitarbeiter.
Der wirkte jedoch gar nicht heiter.

»Chef, sieh mal, ich bin Realist;
ich weiß doch, was für'n Typ du bist:

gefühllos, beinhart, rücksichtslos.
Dich interessiert doch bloß das Moos.

Am liebsten würd'st du abkassieren
und nicht erst lange investieren,

absahnen, horten, wuchern, raffen,
bloß nicht selber mal was schaffen.

Als du mir das Talent aufzwangst,
da kriegte ich es mit der Angst.

Ich hab es darum tief vergraben.
Da nimm: du kannst es wiederhaben.«

Dem Chef die Zornesader schwoll:
»Du Nichtsnutz! Schlappschwanz! Bist du toll?

Du wußtest, was für'n Typ ich bin
und knallst mir frech dann auch noch hin,

daß ich nicht lange investiere,
sondern am liebsten abkassiere,

absahne, horte, wuchere, raffe,
selber aber gar nichts schaffe?

Hätt'st du doch einmal nachgedacht
und mein Geld auf die Bank gebracht!

Mit Zinsen hätt'st du's dann zurück;
dazu brauchst du noch nicht mal Glück.

Doch nein, verschlafen und verpennt!
So nehmt ihm weg jetzt das Talent,

gebt's dem, der zehn Talente hat!
Ich hab die Lahmheit mehr als satt.

Ja, dem, der hat, dem wird gegeben,
so ist das nun einmal im Leben;

an Überfluß kann der sich laben.
Die aber nichts zu bieten haben,

denen wird auch das genommen,
was sie hatten einst bekommen.

Mich reut's, daß ich dich angeheuert.
Mach dich davon! Du bist gefeuert!«

## II

Jesu kleine Kurzgeschichten
kann man vielfach weiterdichten.

So spricht zum Beispiel nichts dagegen,
daß die feiernden Kollegen,

die das alles ja vernommen,
nochmal drauf zu sprechen kommen:

»Du, trotz Ehrung, Glück und Essen
kann ich einfach nicht vergessen,

daß der Chef so eisern war.
War das denn nicht wunderbar:

Acht Talente investiert,
sieben dann dazu kassiert?

Ich wär' auch stark angesäuert,
wenn man mich so plötzlich feuert.«

Der andre süffelt seinen Wein;
das leuchtet ihm nun gar nicht ein:

»Die Menge ist doch nicht der Punkt!
Bei dem hat's einfach nicht gefunkt!

Das weiß doch schließlich alle Welt:
Vermehren will sich so viel Geld!

Das tut's doch praktisch von allein –
groß tüchtig mußt du da nicht sein.

Der hat den Anspruch nicht begriffen,
auf Kreativität gepfiffen.

Bei unserm Zinssatz ist Gewinn
von einem Fünftel locker drin.

Daß einer sich so dumm anstellt!
Geht brav nach Haus, versteckt das Geld!«

»Aus Angst vergrub er das Talent.«
»Angst ist für mich kein Argument!

Wer Angst hat, kann der nicht mehr denken?
Dein Mitleid könntest du dir schenken.

Er nannte Furcht zwar als Motiv;
mir schien er deutlich aggressiv.«

»Nur ein Talent hat er erhalten:
da konnte er sich nicht entfalten.«

»So? Das, meinst du, hat ihn verletzt,
wie unser Chef ihn eingeschätzt?

Nach oben will er sich vergleichen,
um sich dann lahm davonzuschleichen?

Ich finde ein Talent 'ne Menge,
und ich versteh des Kaufherrn Strenge.«

»Er hat wohl wenig Selbstvertrauen;
nur schonend ist er aufzubauen.«

»Das müßt' er erstmal selber sehen;
dann würde er sich eingestehen,

daß er sich wenig macht beliebt,
wenn er die Schuld nur andern gibt.«

»Das wäre sicher für ihn gut,
doch forderst du von ihm viel Mut.

Statt vor sich selbst noch mehr zu fliehen,
soll selbst er aus dem Sumpf sich ziehen?

Statt andre bitter anzuklagen,
im Unglück Ja zu sich noch sagen?«

# III

Jesu kleine Kurzgeschichten
laden ein zum Weiterdichten.

Im Sinne der Betriebswirtschaft
sagt uns das Gleichnis: Große Kraft

kann Geld in dieser Welt entfalten;
man darf es freilich nicht behalten.

Setzt man es ein, dann bald vermehrt
es von allein den eignen Wert.

Wer diesen Anspruch nicht versteht,
verkennt das Wirtschaftsalphabet.

Und Jesus meint: Das Himmelreich
ist Geld in dieser Hinsicht gleich.

Das Himmelreich will sich entfalten;
du kannst es nicht für dich behalten.

Setzt du es ein, dann bald vermehrt
es von allein den eignen Wert.

Wer diesen Anspruch nicht versteht,
verkennt des Himmels Alphabet.

So weit, so gut; doch muß ich sagen,
ich hätte da noch ein paar Fragen.

Wenn ich die Jesus selber stelle,
dann wäre ich ja an der Quelle.

Ich stell' mir vor, er wäre hier
und gäbe Antwort euch und mir.

»Ach, Jesus, Gott ist doch kein Geld,
Gott ist nicht aus dem Holz der Welt.

Geld kann ich investieren, fassen,
ich kann es sich vermehren lassen.

Doch Gott ist nicht in meiner Hand;
den meisten ist er unbekannt.

Wenn über ihn ich wollt' verfügen,
würd' ich mich da nicht selbst betrügen?«

»Im Gegenteil! Bedenk doch mal:
Wenn schon das tote Kapital

die Neigung hat, sich zu vermehren:
Wie kannst du das dann Gott verwehren,

der doch der Quell des Lebens ist,
wie ihr ja hoffentlich noch wißt?«

»Verzeih, ich möchte dich nicht kränken,
doch unsre Wissenschaftler denken,

das Leben ließe sich erklären,
ganz ohne sich an Gott zu kehren.«

»Wenn du das Leben dir erklärst,
ist fraglich, ob du es erfährst.

Gott ist doch kein Naturprinzip!
Er spricht mit dir und hat dich lieb.

Und du bist auch kein Automat!
Du bist gerufen und bejaht.

Und dieses Ja, das dir gegeben,
das gib nur aus und laß es leben!«

»Es gibt bei uns recht strenge Christen,
die rügen, daß sie oft vermißten,

daß vom Gericht gepredigt werde.
Es sei, so lautet die Beschwerde,

entscheidend, wie wir uns verhalten,
wie unser Leben wir gestalten.

Und wer nicht zähle zu den Braven,
dem drohten schwere Höllenstrafen.

Fehlt das Gericht, dann werde fade
und reichlich billig Gottes Gnade.«

»Der Vorwurf ist mir gut bekannt;
ich traf ja selbst auf Widerstand:

›Der lästert! Spinnt! Verschleudert Gott!
Das Heiligtum macht er bankrott!‹

Da fiel mir dieses Gleichnis ein.
Sprach ich denn da von Höllenpein?«

»Dann war's Matthäus! Bei dem steht,
wohin der Weg des Dritten geht.

Hinaus in Finsternis und Pein
weist ihn der Herr; mit sich allein

soll heulen er, mit Zähnen klappen;
darf diesen Schluß ich einfach kappen?

Kannten die Evangelisten
damals denn nur lahme Christen,

die Gottes Ja empfangen haben,
um es furchtsam zu vergraben?

Und leben sie das Ja hier nicht,
dann droht Matthäus mit Gericht?«

»Soll ich denn erst mit Liebe locken,
um dann mit Schrecken die zu schocken,

die vor der Liebe sich verschließen,
und lieber Sicherheit genießen?

Soll ich mich Beelzebub verschreiben,
um so den Teufel auszutreiben?

Die Liebe leidet Widerstand;
sie gibt sich jedem in die Hand;

vermehren will sie ihre Gaben.
Nicht mal der Tod kann sie begraben.«

# Der barmherzige Samariter

*Lukas 10, 25–37*

I

»Nein, das hätt' ich nicht gedacht:
Geister flieh'n vor meiner Macht!«

»Auch die grausigsten Dämonen
können wir jetzt selbst entthronen!«

»Seit dein Ruf uns machte frei,
ist die Tyrannei vorbei!«

Worte fliegen hin und her,
Lachen, Rufen kreuz und quer,

wie bei einem Wiedersehen
das ja oft pflegt zu geschehen.

Jesus hatte sie gesandt,
sie vorausgeschickt ins Land,

und nun kehrten sie zurück,
strahlend, staunend, voller Glück.

Immer noch schien's sagenhaft:
Sie hatten teil an Jesu Kraft.

Viele Angst- und Plagegeister
wichen kläglich ihrem Meister.

Furcht vor Menschen, Furcht vorm Tod,
all die Angst, die ständig droht,

unsre Welt trübgrau zu färben –
diese Mächte mußten sterben,

wo man nicht mehr auf sie hörte
und sich gegen sie empörte.

Schön war's, wie sie da nun saßen
und zusammen fröhlich aßen,

wie sie tranken und erzählten
und sich nicht mit Sorgen quälten.

Einer aber aus dem Ort
steht jetzt auf und nimmt das Wort.

Die Tora ist sein Zuhaus,
in der Schrift kennt er sich aus,

weiß Bescheid im Buch des Herrn,
und er zeigt das auch ganz gern.

»Meister«, sagt der Fromme nun,
»sag, was muß ich dazu tun:

ewiges Leben möcht' ich erben;
gibt's ein Leben ohne Sterben?«

Ihm war offenbar nicht klar,
wie das zu verstehen war,

wenn die Jünger da entthronen
böse Geister und Dämonen:

Wirkte da dann Gottes Kraft?
Das war ihm doch rätselhaft.

War das Leben denn zu haben,
ohne im Gesetz zu graben,

Tag und Nacht gebeugt zu sinnen,
wie Gott wäre zu gewinnen?

War das wirklich Gottes Geist,
der die Geister weichen heißt?

Der Verstand ist oft verkleistert,
wenn die Menge sich begeistert.

Hitzig frommer Fantasie
traut ein Schriftgelehrter nie.

Richtschnur ist für ihn die Bibel;
darin war er sehr sensibel.

Wär' Jesus schwach in Bibelkunde:
die Schlappe wär' in aller Munde.

Ein Gott, den er nur ausgedacht,
der würd' von Frommen nur verlacht.

Jesus hört den Bibelfesten,
merkt: er kam, um ihn zu testen.

Möglich, daß er auch im Ton
spürt verdeckte Aggression.

Des Angriffs Schwung verstärkt er noch:
»Das fragst du mich? Das weißt du doch!

Im Gesetz – was steht geschrieben?« –
»Gott, den Herren sollst du lieben,

Herz und Seele, Kraft und Denken
sollst du ganz an ihn verschenken.

Und den Nächsten lieb' wie dich:
brüderlich, geschwisterlich!«

Dieses biblische Zitat
hat der Fromme gleich parat.

Jesus sagt: »Ganz recht, ja eben!
Tue das, so wirst du leben!«

Allen Leuten wär' nun klar,
daß es eine Falle war,

würd' der Mann nicht weiterbohren;
sein Gesicht hätt' er verloren.

Der Oberlehrer will nicht ruh'n:
»Ja, wer ist mein Nächster nun?«

Gott ist ihm, scheint's, kein Problem;
der Nächste, der ist unbequem;

soll jeder da in Frage kommen?
Das beschäftigt jetzt den Frommen.

Mit Bibelwissen mag er glänzen;
der Liebe gäb' er lieber Grenzen.

Jesus will auf Streit verzichten
und fängt lieber an, zu dichten.

# II

Es ging ein Mann ganz lebensfroh
von Zion aus nach Jericho.

Jerusalem war außer Sicht,
die Felsen standen dicht an dicht;

die Hitze machte ihm Beschwer,
die Gegend war ganz menschenleer.

Da plötzlich: aus den Felsenspalten
sprangen finstere Gestalten.

Die hatten da versteckt gekauert
und ihm schon länger aufgelauert.

Die Kleider rissen sie ihm weg
und warfen hart ihn in den Dreck.

So lag er da, schutzlos und bloß;
sie schlugen ihn erbarmungslos.

Am Ende war er beinah tot;
die Räuber waren ganz verroht;

kann sein, daß sie ihn noch verlachten,
eh sie sich aus dem Staube machten.

Zufällig kam ein Priester jetzt
gewandelt, würdig und gesetzt.

Er wohnte schön in Jericho,
seine Familie ebenso.

Er hatte in Jerusalem
den Dienst getan wie ehedem,

im Tempel Opfer dargebracht,
wie das ein Priester eben macht,

um Gottes Gnade zu erringen
für die, die in die Irre gingen.

Er war vom Dienst jetzt länger frei
und kam so an dem Ort vorbei,

an dem der Wandrer lag marod
und mehr und mehr vom Tod bedroht.

Er sah ihn, sah die Barbarei
und wandelte gemach vorbei.

Und später kam noch ein Levit
von ungefähr in dies Gebiet.

Beim Tempeldienst in Zions Stadt
versah sein Amt er akkurat.

Den Priestern hat er assistiert:
für einen wär's zu kompliziert,

den Ritus würdig zu verrichten,
die Opfer kundig aufzuschichten,

den Psalm des Tages schön zu singen,
den Gong zum Klingen auch zu bringen.

Auch er war von dem Dienst nun frei
und kam so an dem Ort vorbei,

an dem der Wandrer lag marod
und immer mehr vom Tod bedroht.

Er sah ihn, sah die Barbarei
und wanderte an ihm vorbei.

Nun aber kam auf Eselstritten
ein Samariter angeritten.

Der gehörte zu den Heiden,
welche fromme Juden meiden.

Sie lasen zwar dieselbe Bibel,
doch war'n sie sonst nicht so penibel

in Fragen ihrer Religion;
sie ärgerte die Tradition,

daß Gott auf Zion wohnhaft sei.
Den Juden schien es Abgötterei,

was in dem Land Samaria
an Heidenbräuchen so geschah.

Des Volkes Seele war empört,
man fand es gräßlich, unerhört,

daß kurz zuvor mit Niedertracht
der Tempel unrein ward gemacht,

als nachts ein paar von diesen Leuten
dort Menschenknochen dreist verstreuten.

Lästerlich war die Entweihung,
schärfer noch jetzt die Entzweiung.

In Israel meint' man vereint:
Ein Samariter ist ein Feind!

So einer kam dem Ort jetzt nah,
wo jener Überfall geschah.

Da er ihn sah, packt ihn Erbarmen
mit dem überfallnen Armen.

Um's ganz genau zu formulieren:
Der Anblick ging ihm an die Nieren.

Er trat hinzu, verband die Wunden,
die an dem Mann er vorgefunden,

hatt' sie mit Wein desinfiziert,
mit Öl den Blutfluß dann blockiert.

Er zögert' nicht, sich tief zu bücken,
und hob ihn auf des Esels Rücken.

Am Halfter packte er den Grauen,
um ohne Zögern abzuhauen.

Und nach nicht allzu vielen Meilen
fand er ein Gasthaus zum Verweilen.

War's schmuddelig, geputzt, adrett?
Egal! Er buchte gleich ein Bett,

in das er den Verletzten legte,
damit er ihn dort weiterpflegte.

Am Tag darauf sagt' er Ade,
entnahm zuvor dem Portemonnaie

der Münzen zwei; die reicht' er weiter
dem Wirt und trug ihm auf ganz heiter:

»Sorg du für ihn, und kostet's mehr,
so komme ich ja wieder her;

Hauptsache, er wird gut gepflegt,
ich zahl dann, was du ausgelegt.«

# III

»Nun sag mir, wer von diesen drei'n
der Nächste war dem, der allein

den Räubern in die Hände fiel?«
So fragt jetzt Jesus sehr subtil.

Sein Gegner sagt darauf spontan:
»Der ihm Barmherzigkeit getan!«

Und Jesus fügt nur noch hinzu:
»Geh hin, und tue so auch du!«

# IV

Der Fromme wünscht für sein Gewissen
ein halbwegs weiches Ruhekissen:

»Sag, wer ist mein Nächster nun?
Was genau hab ich zu tun?

Sag mir, wann ich sprechen kann:
Der da geht mich gar nichts an!«

Doch Jesus meint: »Nimm einmal an,
du selber wärest jener Mann,

du selber lägest da marod
und mehr und mehr vom Tod bedroht.

Wär dir nicht jeder da willkommen?
Pfeifst du zur Not nicht auf die Frommen?

Der erste Beste wär' es dann!
Und wäre das ein Bettelmann,

ein Obdachloser, Fremder gar –
wenn er nur hilft aus der Gefahr!«

Er hat damit ganz klar gemeint:
Dein Nächster ist vielleicht dein Feind!

Gott war dem Frager kein Problem,
der Nächste, der war unbequem.

Doch scheint die ganze Welt verdreht,
wenn's so wie in dem Gleichnis geht:

Dem todbedrohten Volksgenossen
haben zwei ihr Herz verschlossen,

denen man hätt' zugetraut,
daß sie länger hingeschaut.

Keiner konnte hier erwarten,
daß die Liebe würd' verraten.

Daß Fromme sind so unsozial,
das verschärfte den Skandal.

Doch ist das wohl realistisch:
Im Durchschnitt sind wir egoistisch.

Unsre Liebesfähigkeit
reicht ja leider oft nicht weit.

Das ist noch nicht mal sehr verpönt:
Wir haben uns daran gewöhnt.

Aber die Skandalgeschichte
macht die kalte Sicht zunichte.

Wer von dem Versagen hört,
ist mit Recht zutiefst empört.

Daß Liebe dringend nötig sei,
dafür ergreift man jetzt Partei.

So hat das Gleichnis ganz besonnen
uns für die Liebe neu gewonnen.

Die Welt scheint doppelt nun verdreht,
wenn's weiter wie im Gleichnis geht:

Ein Ketzer, Volksfeind, Mischling, Heide
beschämt die Tempeldiener beide.

Wo jene ganz erbärmlich schwänzen,
da zeigt er Liebe ohne Grenzen.

Das Elend hat ihn aufgeregt,
der Anblick hat sein Herz bewegt.

Wer über diesen Mann sich freut,
für den entsteht die Welt erneut.

Wo Jesu Geist beginnt zu wehen,
da ist die Welt ganz neu zu sehen.

Was üblich ist, wirkt jetzt veraltet;
ein Spielraum wird hier neu entfaltet.

In der von Haß beschränkten Welt
wird dieser Spielraum stur verstellt.

Durch Liebe nur erlischt der Haß –
so einfach und so schwer ist das.

Wer liebt, der überwindet Grenzen;
so kann die Liebe hier schon glänzen.

Sie lockt dich aus dem alten Trott,
ist fremd und weit und nah: ist Gott.

## *Nachwort*

Wie müßte ein Gottesdienst gestaltet sein, in den ich selbst gern ginge? Zu meinen Versuchen, mir diese Frage zu beantworten, gehören diese Nacherzählungen einiger Gleichnisse Jesu. Die Resonanz, die ich gelegentlich auf Geburtstagsgedichte erhalten hatte, gab mir im Vergleich zu der Resonanz auf meine Predigten sehr zu denken. Die entscheidende Anregung verdanke ich Klaus-Peter Hertzsch (»Der ganze Fisch war voll Gesang«). Ich teile auch seine Hochschätzung des Erzählens.

»Sagen lassen sich die Menschen nichts, aber erzählen lassen sie sich alles« (Bernard Brentano) – auch die treuen und sporadischen, neugierigen und skeptischen, klugen und schlichten Besucherinnen und Besucher von Gottesdiensten sind Menschen in diesem Sinne. Und wir haben etwas zu erzählen: Geschichten mit überraschenden Pointen, interessanten Details, unüberholten Fragen. Die Auslegerinnen und Ausleger vom Fach bieten eine Fülle von Einsichten und Zugängen, an deren Verbreitung ich mich beteiligen möchte. Am liebsten sind mir Hörerinnen und Hörer, die die Gleichnisse Jesu noch nie gehört haben. Die gibt's! Und viele gibt es, die sie gehört haben, ohne sie zu kennen. Mir gefällt John D. Crossan's Vermutung, daß Jesus sich für die »Aufführung« eines Gleichnisses durchaus ein bis zwei Stunden Zeit genommen haben könnte, daß uns in den biblischen Texten also nur das Erzählgerüst erhalten blieb (Jesus. Ein revolutionäres Leben, München 1996, S. 85).

Wenn ich die Pointe einer Geschichte vorwegnehme, zerstöre ich ihre Wirkung. Darum beginne ich im Gottesdienst sofort mit der Nacherzählung, nicht etwa mit dem »Erzählgerüst«. Sonst hätten die Hörerinnen und Hörer womöglich gerade ein Drohwort im Ohr, das ihr Verständnis der Nacherzählung von vornherein einseitig prägt.

Mein theologischer Lehrer Ernst Fuchs stellte sich vor, Jesus habe die Parabel vom großen Festmahl »lachenden Mundes« erzählt (Göttinger Predigtmeditationen 50, 1961, S. 192). Für mich ist das eine hilfreiche Leitidee auch für das Verständnis anderer Parabeln: Wie läßt sich die Geschichte so nacherzählen, daß fröhliches Einverständnis möglich wird?

Im Bereich der Psychotherapie setzt inzwischen eine ganze Schulrichtung auf die therapeutische Wirkung von Geschichten (Milton H. Erikson, Nossrat Peseschkian). Ich bin überzeugt, daß fröhliches Einverständnis mit Jesus außerordentlich therapeutische Wirkungen haben kann.

Hauke Christiansen